029

Retime

天地一沙鷗

全新結局完整版（收錄第四部）

【暢銷新裝版】

Jonathan
Livingston Seagull

The New Complete Edition
Includes the rediscovered Part Four

李察·巴哈（Richard Bach） 著　　謝瑤玲 譯

高寶書版集團

獻給住在我們每個人心中的海鷗強納森

Part **One**

早晨，旭日東昇，溫柔的海面上波光粼粼。

離岸一英里遠處，一艘漁船展開捕魚作業，彷彿向在半空中覓食早餐的鳥群傳布消息。沒多久，上千隻海鷗都飛了過來，推擠爭食。忙碌的一天又開始了。

然而，海鷗強納森‧李文斯敦卻獨自遠離漁船和海
岸，孤獨地演練。他在一百呎的高空中放低有蹼的
雙腳，抬起鳥喙，忍痛奮力保持雙翼扭轉彎曲，使
他可以慢速飛行。他減速翱翔，直到微風輕聲細語
般拂過他的臉，下方的海洋也似乎靜止不動。他聚
精會神地瞇著眼睛，屏住呼吸，使勁將翅膀再——
多——彎——曲——一吋，接著他羽毛散亂，失速
墜落。

如眾所知，海鷗是絕不會猶豫停滯、絕不會失速墜
落的。在半空中失速墜落對他們而言不只是羞辱，
而且可恥。

Jonathan Livingston Seagull

但是強納森・李文斯敦和一般的鳥不同。他並不覺得羞恥，只是再度展開雙翅，用力抖動，彎曲，放慢，再放慢，然後又一次失速。

大多數的鷗鳥學飛只是為了可以飛離岸邊去尋找食物，然後再飛回來，並不想再進一步鑽研。大多數的鷗鳥認為飛行並不重要，吃才是最重要的。海鷗強納森・李文斯敦卻熱愛飛行，遠勝於一切。

他發現，這種想法讓他在鷗鳥中不太受歡迎。對於強納森日復一日獨自練飛，不斷反覆練習低速滑翔、不斷地實驗，就連他的父母也感到恐慌。

他不知道道理何在，但他發現當他貼近水面，在離海面不到半翼幅的高度飛行時，比較不費力，而且可以在半空中停留比較久。他不像別的海鷗用雙腳落入海中、濺起水花的方式停止飛翔，而是將雙腳彎成流線型緊貼住身體碰觸水面，滑出一道漫長平淺的波紋。看到他以收腳的方式滑到沙灘上，接著又踱步測量他在沙上滑行的距離，他的父母親只覺得萬分懊惱。

「強，為什麼？為什麼呢？」他母親問，「強，為什麼要你像別的海鷗一樣這麼難呢？為什麼你不能讓鵜鶘或信天翁去低飛就好？為什麼你不吃？兒子，你瘦得只剩羽毛和骨頭了！」

「媽，我不在乎瘦得只剩羽毛和骨頭。我只想知道我在空中有多少能耐。我就是想知道。」

「強納森，聽我說。」他父親和藹地說，「冬天就要到了。到時沒有幾艘漁船會出海捕魚，而平常浮游在海面的魚也會潛入深處。你如果非要研究，就去研究食物和如何獵食吧。飛行這回事固然不錯，但不能當飯吃呀。你可別忘了飛行的目的就是為了吃。」

強納森遵從地點點頭。接下來幾天，他努力要像其他海鷗一樣：呱叫、在碼頭和漁船四周與其他鷗鳥爭食，潛入水中去搶魚骨頭和麵包屑。他真的努力嘗試了，可他就是辦不到。

這一切都毫無意義，他心想，並故意把好不容易搶到的鯷魚放掉，讓給追著他跑的一隻飢餓老海鷗。

我大可把時間花在飛行上，我要學的還那麼多！

沒多久海鷗強納森又是孤鳥一隻了，他飛到遠離眾鳥的海上，飢餓但快樂地探索飛行。

這次的課題是速度。經過一星期的練習，有史以來最快速的海鷗都比不上他對速度的認知。

他用盡全力拍著翅膀，從一千呎的高空處，全速朝著海浪筆直俯衝，並領悟到為何海鷗不會如此筆直潛水。在短短六秒鐘內，他加速到時速七十英里，此時將翅膀向上提會趨於不穩。

這種狀況屢試不爽。他雖小心翼翼，盡心竭力，但到高速時仍會失去控制。

爬行到一千呎的高空後，他先全速往前飛，接著一個轉身，拍打翅膀，垂直向水面俯衝。每次他將左翼往上提就會失速，猛地滾向左邊，他收住右翼好恢復飛行，但卻因此狂亂地向右方翻滾，像火花一樣亂竄。

他將左翼向上提時總是萬分謹慎。他試了十次；每次他的時速超過七十英里，就會變成一團紛亂攪動的羽毛，失去控制，掉落到水裡。

最後，全身溼淋淋的他認定，關鍵一定是在高速時要停止鼓翼——振翅加速到五十英里，翅膀就要保持不動。

他從兩千呎的高空處再度嘗試，等速度達到時速五十英里時便翻身俯衝，鳥喙正對水面，雙翼完全伸展，保持不動。他必須使盡力氣，但他成功了。在十秒內他的時速提升至高達九十英里。強納森為海鷗創下了新的世界紀錄！

但這勝利只是一時的。他一開始減速、一改變翅膀的角度，便又一次陷入失去控制的慘劇，這對時速已達九十英里的他來說，就像被炸彈擊中一樣。海鷗強納森在半空中，筆直摔向如磚塊一樣堅硬的海面。

當他清醒過來時，天已經黑了，而他在月光籠罩的海面上漂浮。他的雙翼和鉛塊一樣重，但他所承受的失敗，感覺更加沉重。有氣無力的他，但願這重量可以重到將他慢慢拉到海底，結束一切。

當他在水中浮沉時，他內心出現一個奇怪又空洞的
聲音。沒有用的。我是一隻海鷗，受到自然的限
制。假如我本該深入探索飛行，那就該有圖表刻在
我的腦袋裡才對；假如我本該快速飛行，那就該有
像獵鷹一樣短的翅膀，而且是吃老鼠而不是吃魚。
父親說得對，我一定要放棄這種愚蠢的行為，我一
定要飛回家去，和鳥群在一起，安安分分地當一隻
受到限制的可憐海鷗。

那聲音消失了，強納森也同意了。夜晚時，海鷗就
應該要停在岸上才對。他發誓，從這一刻起，他要
當一隻正常的海鷗。那會使每隻鳥都開心一點。

他疲憊地推開黑暗的海水，朝陸地飛去；幸好他已
學會如何省力地低空飛行。

可是不行呀，他心想，我要忘掉過去的我，不再去
想我所學到的事物。我是一隻和其他海鷗沒有兩樣
的海鷗，所以要像海鷗那樣飛才對。於是他痛苦地
爬到一百呎的半空中，用力搧動翅膀，往岸邊飛
去。

一旦決定他只要當鳥群中的其中一隻，他便覺得好多了。他不會再屈服於促使他學習的那股力量了，不會再有挑戰，也不會再有失敗。這樣就很好了，不要再多想，只要在黑暗中飛行，飛向海灘上的那些亮光。

黑暗！那空洞的聲音慌亂地響起。海鷗絕不在黑暗中飛行！

強納森無心傾聽。真的很美，他心想，月亮和水面上閃爍的波光，在黑夜裡投射出點點光芒，四周無比寧靜……

下去！海鷗絕不在黑暗中飛行！假如你本該在黑暗中飛行，那你就該有貓頭鷹的眼睛才對！你會有刻印著圖表的腦袋！你會有獵鷹的短翼！

在黑夜裡，一百呎的半空中，海鷗強納森‧李文斯敦眨眨眼睛。他的疼痛，他的決心，全都消失無蹤。

短翼。獵鷹的短翼！

那就是答案！我真是個傻瓜！我需要短小的翅膀，我只需要將大部分的翅膀折起，單靠尖端飛行即可！短翼！

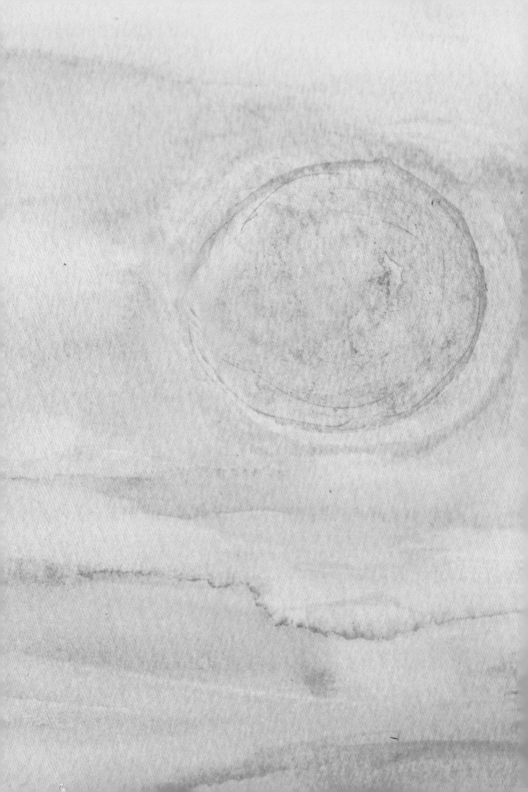

他爬到距離黑暗海面兩千呎的高空中，完全沒空去
想失敗或死亡，他將上半側翅膀緊貼著身體，迎風
伸出窄如刀刃的翅膀尖端，然後垂直俯衝。

風像惡魔般在他的頭部呼嘯。時速七十英里，九十
英里，一百二十英里，而且仍繼續加速中。現在翅
膀在時速一百四十英里所承受的壓力，還遠不如之
前在七十英里時那麼大。他將翅膀尖端微微彎曲以
減緩衝力，在月光下猶如一顆灰色炮彈，往海浪直
射。

在強風中他瞇起眼睛，欣喜若狂。時速一百四十英
里！而且完全在掌控之中！如果我從兩千呎爬到
五千呎高空再轉身俯衝，不知道速度會有多快……

他把片刻之前所發的誓忘得一乾二淨，並任由疾風
將之吹得無影無蹤。然而，他對打破自己的承諾沒
有絲毫的罪惡感。只有接受平凡的海鷗才會遵守那
樣的承諾，一隻在學習中領略到其中奧妙的海鷗不
需要那種承諾。

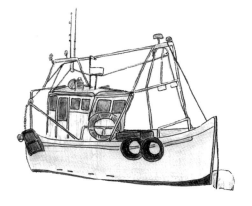

日出時,海鷗強納森又在練習了。從五千呎高空俯瞰,廣闊的藍色海面上漁船點點,覓食早餐的鳥群如一團塵埃形成的薄雲,在半空中盤旋。

他神采奕奕,因興奮而微微顫抖,又為控制住懼怕而感到自豪。接著,在沒有任何儀式的宣告下,他收緊上翼,伸出短小彎曲的翅膀尖端,筆直地朝海面俯衝。當他墜落到四千呎的高度時,他已達到終極速度,風彷彿是會發出聲音的硬牆,使他無法再加速。現在他以兩百一十四英里的時速朝下直衝。他嚥了一口氣,知道如果他在這種高速下展開雙翼,全身會立刻爆裂成千萬個小碎片。但速度就是力量,速度就是喜悅,速度就是純淨的美。

在一千呎的高度,他開始減速,翅膀尖端在強風中砰砰作響,模糊不清。漁船與海鷗群呈傾斜的角度出現在他的航道上,且如流星般快速。

他無法停止,甚至不知道在這種高速下要怎麼轉彎。

撞上了就會立刻喪命。

因此他閉上眼睛。

那天早晨旭日初昇時，海鷗強納森・李文斯敦閉著眼睛，在風和羽毛形成的尖銳怒吼聲中，以時速兩百一十二英里筆直自海鷗群中央射過。這一次，幸運之神對他微笑，沒有任何鳥遇害。

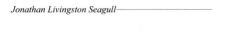

Jonathan Livingston Seagull————————————

當他終於將鳥喙朝上轉向天空時，他仍以一百六十英里的時速飛翔。等他減速到二十英里，他才再度展翅，這時他已飛回到四千呎的高空，漁船如海中的一點碎屑。

他成功了。終極速度！一隻海鷗以兩百一十四英里的時速飛翔！這是一大突破，是海鷗有史以來最偉大的時刻，而這一刻也為海鷗強納森開啟了一個新的時代。他立刻決心要探索如何轉彎，再次隻身飛到練習區，在八千呎的高空中折起雙翼準備俯衝。

他發現，在高速中只要些微移動翅膀尖端的一根羽毛，便可輕易形成飛行的弧度。不過，在獲知這一點之前，他先體認到在這種速度下若移動不只一根羽毛，便會如獵槍子彈般快速旋轉——而強納森是世上第一隻展現這種飛行特技的海鷗。

那天，他沒有時間和其他鷗鳥交談，一直練飛，直到日落。他發現如何迴旋、慢速翻滾、瞬間翻滾、倒立旋轉、鷗式觸擊和輪轉。

直到黑夜，海鷗強納森才飛回群鳥停駐的海灘上。
他頭昏眼花，精疲力竭。但他高興地迴旋登陸，且
在著陸前做出一個漂亮的翻滾。他心想，等他們聽
到我的大突破時，一定會欣喜若狂。往後的生活將
會豐富許多！我們不再只是單調地在漁船之間來回
飛行而已，生活是有意義的！我們可以擺脫無知，
我們可以發現自己是卓越、有智慧和技巧的生物。
我們可以自由自在！我們可以學習飛行！

未來的歲月因充滿期望而發光發亮。

當他著陸時，海鷗群正聚在一起開會，而且顯然已
經聚在一起好一陣子了。事實上，他們在等他。

「海鷗強納森・李文斯敦！站到中間去！」長老以
在最高儀式中才會用的口吻說。站到中間不是因為
極大的恥辱，就是因為極大的榮譽。海鷗群中最傑
出的領袖們才享有站到中間的榮譽。他心想，一定
是今早他們在覓食時看到了我的大突破！但我並不
想接受表揚。我並不想當領袖。我只想將我的發現
和大家分享，為所有海鷗指出遙遠的地平線。他站
了出去。

「海鷗強納森‧李文斯敦，」長老說，「站到中間讓你的海鷗同胞們看到你的恥辱。」

他覺得像是挨了一記悶棍。他的膝蓋發軟，羽毛無力地下垂，耳邊轟轟作響。站到中間接受羞辱？不可能！我的大突破！他們不明白！他們錯了，都錯了！

「……因為他輕率又不負責任，」那莊嚴的聲音說，「違反了海鷗家族的尊嚴和傳統……」

站到中間接受羞辱表示他會被逐出海鷗的社會，被放逐到遠端山崖去，孤獨過一輩子。

「……有一天，海鷗強納森‧李文斯敦，你會知道不負責任的後果。鳥的一生是未知且不可知的，唯一確定的是我們生來就是為了吃，而且活得越久越好。」

Jonathan Livingston Seagull————————

海鷗是絕不會在議會上回嘴的，可是強納森卻拉
高了嗓門。「不負責任？我的天啊！」他吼道，
「一隻找到生活意義且追求更崇高目標的海鷗，有
誰比他更負責任？一千年來，我們成天都在翻找魚
骨頭，但現在我們有生存的理由了──為了有所發
現，為了自由自在！給我一個機會，讓我為你們展
示我的發現⋯⋯」

鳥群怒不可遏。

「我們的情誼已經毀了。」他們異口同聲說，並不
約而同地閉起耳朵，轉身背對他。

海鷗強納森過著孤單的日子，不過他飛到比遠端山崖更遠的地方去。他並不為孤單而難過，他難過的是其他海鷗拒絕相信飛行的光榮正等著他們；他們拒絕睜開眼睛去看。

每天他都學到更多。他學到流線型的高速俯衝可以使他捕捉到海面十呎下方成群集結的魚，而這些魚既稀有又美味。他不再需要靠漁船和吃不新鮮的麵包而活。他學會在半空中休憩，在夜晚定下航向穿過海風，從日落到日出飛上一百英里。靠著內在的控制，他飛過海上的濃霧，爬行到濃霧上方、清澄的令人炫目的天空；而同時其他的海鷗都站在地面上，呆望著雨霧，一無所知。他學會乘風飛到內陸深處，在那裡吃美味的昆蟲。

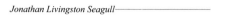

Jonathan Livingston Seagull————————————

他原本希望鳥群能得到的一切，現在由他獨享。他
學會飛行，而且並不為他必須付出的代價感到懊
惱。海鷗強納森發現，海鷗的生命如此短暫是因為
乏味、懼怕和氣憤。只要不去想這些，他就可以享
有美妙又長壽的一生。

一天，兩隻海鷗在傍晚時分飛抵，他們發現強納森
孤獨但平靜地在他所愛的天空中翱翔。這兩隻出現
在強納森翅膀兩側的海鷗，如星光般純淨，在高空
中散發出溫和友善的光芒。不過最棒的是他們展現
的飛行技術，搧動的翅膀尖端與他的保持一吋的距
離。

強納森一語不發地測試他們，是至今沒有海鷗通過
的測試。他扭動翅膀，將速度放慢到近乎停滯的時
速一英里。那兩隻發亮的鳥輕鬆地和他一起放慢速
度，動作完全一致。他們也會慢速飛行。

他折疊雙翅，翻滾，接著以時速一百九十英里向下俯衝。他們也跟著他一起俯衝，與他配合得天衣無縫。

最後他又以同樣的速度直飛向上，垂直慢速翻滾。他們跟他一起翻滾，面帶微笑。

他回復平飛，一時間默然無語，半晌後才開口說：「好吧。你們是誰？」

「我們是從你的鳥群來的，強納森。我們是你的兄弟。」說話的口吻強而鎮定。「我們來帶你飛得更高，來帶你回家。」

「我沒有家，我沒有鳥群，我被驅逐出境。我們現在乘著大山風的頂端飛行。我這個老軀殼，只能再飛幾百呎高了。」

「你可以飛得更高，強納森。因為你已經學會了，已經從一所學校畢業了，現在該換到另一所學校了。」

一如他這輩子常有的頓悟，此刻海鷗強納森又一次心領神會。他們說得對。他可以飛得更高，而且也該是回家的時候了。

他最後一次注視天空，注視那片讓他學到許多的壯麗銀色天地。

最後他說：「我準備好了。」

說罷，海鷗強納森・李文斯敦隨著那兩隻發亮的海鷗一起飛升，消失在黑暗的夜空中。

Part *Two*

這就是天堂了,他心想,忍不住微笑。在飛進天堂的那一刻對天堂加以分析,實在不敬。

現在他飛離了地球,飛到雲端上,與那兩隻海鷗比翼飛行,他看見自己的身體也像那兩隻海鷗一樣發亮。沒錯,他的金色眼睛裡依舊存有海鷗強納森年輕時的影像,但現在他的外型已經改變了。他感覺仍像是海鷗的身體,但比以前的他飛得更好。他心想,只需要費一半力氣,我的速度就可以加倍,技術也比我在地球上最厲害的時候還要好上一倍!

現在他的羽毛雪白發亮,翅膀似擦亮的銀板般完美平滑,他快活地探索著這對新的翅膀,注入力量。

時速達兩百五十英里時,他覺得已經接近他平飛的最高速了。時速達兩百七十三英里時,他認為這是他所能飛翔最快的速度,而微微感到失望。他的新身體仍受到某種限制。雖說比他以前的平飛紀錄要快得多了,但想要突破限制仍要下一番功夫。他心想,天堂裡不應該有限制才對呀。

雲層散開了,他的兩名隨扈叫道「登陸愉快,強納森!」便憑空消失了。

他在海面上飛行，飛向曲曲折折的海岸線。有幾隻
海鷗在山崖的上升氣流中飛行，還有幾隻在北邊的
地平線附近飛著。新的景象、新的思考、新的問
題。為什麼只有這麼幾隻海鷗？天堂應該擠滿了海
鷗才對！為什麼我突然覺得好累？在天堂裡的海鷗
不應該會覺得累，甚至不需要睡覺才對。

他從哪裡聽來的？他在地球那一生的記憶慢慢消
散。他在地球學到了許多，沒錯，可是詳細情形卻
變得模模糊糊──好像跟搶食有關，還有放逐。

在海岸線旁的那十幾隻海鷗飛過來迎接他，全都一
語不發。他只覺得自己受到歡迎，而這裡就是他的
家。這天對他而言意義重大，但當天的日出他已記
不清了。

他轉向海灘登陸,拍著翅膀好在半空中停留片刻,然後才輕輕降落到沙灘上。其他海鷗也跟著降落,但他們連一根羽毛也不必搧動。他們只是轉向迎風,伸展雙翼,不知怎地改變了翅膀的弧度,並在雙腳觸地的同時停住。多完美的控制力啊,但強納森實在是太累了,沒力氣嘗試。他站在沙灘上,在一片靜默中睡著了。

接下來的日子裡,強納森看出在這個地方他仍然得極力學習飛行,就像他在前世一樣。不同的是,這裡的海鷗想法都和他一樣。他們都覺得生命中最重要的是去追求他們最想做的事,也就是飛行,並力求完美。他們每一隻都令人讚嘆,每天都無歇無止地練飛,試驗高超的飛行技術。

有很長一段時間，強納森忘掉他原來的世界——在
那裡，鳥群緊閉眼睛，不願看見飛行的喜悅，用他
們的翅膀終止探索和爭搶食物。不過，他偶爾仍然
會想起來。

一天早上，他和他的老師出門，他們練完了疊翼翻
滾的一連串動作，在沙灘上休息時，他突然想起來
了。

他無聲地問：「蘇利文，其他海鷗到哪裡去了？」
這裡的海鷗以心靈感應的方式取代呱叫互相溝通，
而他現在也得心應手。「為什麼這裡的海鷗這麼
少？以前我住的地方——」

「有上千萬隻的海鷗。我知道。」蘇利文搖搖頭。
「強納森，我所知道的答案只有一個，那就是你是
一隻非常獨特的海鷗，一百萬隻中只有一隻。我們
大多要花很久的時間才會領悟。我們從一個世界進
入另一個幾乎完全一樣的世界，立刻就忘掉我們的
前世，不在乎我們要往何處去，只是活在當下。你
可知道我們必須經歷多少輩子才終於想到生命除了
吃、爭吵或在鳥群中享有權力之外，還有更多？
一千輩子，強，一萬輩子！然後要再活一百輩子才
會開始學習有所謂完美這回事，然後再過一百輩子
才找到那種完美並展現出來。我們現在當然也受制
於同樣的規則：我們透過在這個世界中所學到的，
去選擇我們的下一個世界。什麼都沒學到，那你的
下一個世界就會像這個一樣，必須克服同樣的限制
和同樣沉重的負擔。」

Jonathan Livingston Seagull————————————

他伸展雙翼，仰頭迎風。「可是你，強，」他說，「你卻在一輩子中就學到了許多，因此不必活一千輩子才來到這個世界。」

不久他們又凌空飛翔，繼續練習。同步翻轉的隊形很難，因為在做倒轉的動作時，強納森仍得思考，反轉翅膀的曲度，還要與他的老師和諧一致。

「我們再試一次。」蘇利文反覆說，「我們再試一次。」最後，他終於說，「很好。」接著他們開始練習外側迴旋。

Jonathan Livingston Seagull————————————

一天傍晚，不進行夜間飛行的海鷗一起站在沙灘上，思索。強納森鼓起勇氣，走向長老海鷗——據說他很快就要到下一個世界去了。

「蔣……」他有點緊張地開口。

老海鷗慈祥地看著他。「孩子，什麼事？」年齡增長並沒有使長老變得虛弱，反而使他增強；他可以飛得比鳥群中的任何一隻海鷗都快，而且已經學會其他海鷗還在逐步摸索的技術。

「蔣，這個世界根本不是天堂，對吧？」

長老在月光下微笑。「海鷗強納森，你又在探索了。」他說。

「呃，從這裡接下來會怎麼樣呢？我們要到哪裡去？並沒有一個叫天堂的地方嗎？」

「是的，強納森，並沒有這樣的地方。天堂並不是一個地方，也不是一段時間。天堂就是完美。」他沉默了片刻。「你飛得很快，對吧？」

「我……我喜歡速度。」強納森有點驚訝，但也為長老注意到他而自豪。

Jonathan Livingston Seagull————————————

「強納森，當你達到完美的速度時，你就開始碰觸到天堂。那並不是時速高達一千英里或一百萬英里，或是以光速飛行。因為任何數字都是一種限制，而完美是沒有限制的。孩子，完美的速度就是到達。」

蔣說罷突然消失，一瞬間出現在五十呎外的水邊。接著他再一次消失，並在一瞬間站在強納森的肩膀上。「還滿好玩的。」他說。

強納森目眩神馳。他忘了追問天堂的事。「你是怎麼辦到的？感覺如何？你可以到多遠的地方？」

「你可以到任何你想去的地方或時間。」長老說，「我能想到的每個地方和時間，我都去過了。」他望向海面。「很奇怪，為了旅行而蔑視完美的海鷗，漸漸的哪裡都去不了。追求完美而不去想旅行的海鷗，卻可以立刻到任何地方。強納森，記住，天堂並不是一個地方或一個時間，因為地方和時間都毫無意義。天堂是——」

「你可以教我像那樣飛嗎?」海鷗強納森急著想要
征服另一個未知。

「當然,如果你想學的話。」

「我想學。我們什麼時候可以開始?」

「你想要的話,我們現在就可以開始。」

「我想要學像那樣飛。」強納森說,眼底浮現一抹
奇異的亮光,「告訴我要怎麼做。」

蔣非常仔細地看著這隻年輕的海鷗,慢條斯理地
說:「想要飛得像你所想的那麼快,而且飛到任何
地方去,你必須先知道你已經到達那裡了。」

根據蔣的說法,強納森必須先忘掉他是一隻局限於
翼幅四十二吋、飛行距離可以圖表算計的鳥。關鍵
在於他必須明白自己真正的天賦,可以超越時空的
限制,去到任何地方,如同尚未被寫下的數字一樣
完美。

強納森努力不懈，日復一日，從日出之前到午夜過後。但不管他多麼努力，他就是無法從他所在之處移動一絲一毫。

「忘掉信念！」蔣一再告訴他，「你以前不需要信念也能飛，你只需要了解飛行。這也一樣。我們再試一次……」

一天，強納森站在岸上，雙眼緊閉，集中注意力，剎那間他領悟到蔣一再對他說的話。「是真的！我是一隻完美、不受限制的海鷗！」他感到狂喜又震驚。

「很好！」蔣說。這次他的聲音裡隱含著勝利。

強納森睜開眼睛。他單獨和長老站在一處完全不同的海岸——樹林緊鄰海邊，頭上有兩個一模一樣的黃色太陽。

「你終於懂了。」蔣說，「不過你的控制力還得下點功夫……」

強納森感到震驚。「我們在什麼地方？」

長老對四周奇異的景色完全無動於衷，輕描淡寫地回答：「我們顯然在某個星球上，有綠色的天空和兩個太陽。」

強納森高興地發出一聲尖叫，這是他離開地球後首次發出的聲音。「我做到了！」

「那當然了，強。」蔣說，「只要你知道你在做什麼，就一定有用的。現在，關於你的控制力……」

等他們返回時，天已經黑了。其他海鷗用他們金色的眼睛敬畏地注視著強納森，因為他們看到他從呆立許久的地方消失了。

他接受他們的恭賀不到一分鐘就忍不住說：「我才剛到不久！我才剛剛開始！我必須向你們學習才對！」

「這倒不見得，強納森。」站在附近的蘇利文說，「在我這一萬年來所見到的海鷗裡，你是最不怕學習的一個。」鳥群都靜默下來，強納森因困窘而坐立不安。

「如果你想要，我們可以開始練習穿越時間，」蔣說，「直到你可以在過去和未來之間穿梭。然後你就可以開始學最困難、最厲害、也最好玩的。你可以開始學向上飛，並理解慈悲與愛的意義。」

一個月過去了，或者感覺像是一個月吧，強納森突飛猛進。從前在凡間他學習的速度就非常快了，現在他是長老親自教授的特殊學生，他接受新的思想就如同一部流線型的羽毛電腦一樣。

接著，蔣消失不見的那一天來臨了。他無聲地對所有的海鷗說話，勸戒他們不可以停止學習和練習，並要努力進一步了解所有生命中無形的完美原則。就在他說話之際，他的羽毛變得越來越明亮，直到亮得沒有一隻海鷗可以直視他。

「強納森，」他說出最後一句話，「繼續努力探索愛吧。」

當他們又可以睜開眼睛時，蔣已經消失了。

隨著歲月流逝，強納森發現他不時會想起在地球的日子。如果在那裡他就已經知道他在這裡所知道的十分之一，或百分之一，生命會更有意義。站在沙灘上，他忍不住想著，那裡會不會有另一隻海鷗正努力要擺脫限制，探索除了去漁船找麵包屑以外，飛行還有哪些意義。說不定有一隻海鷗因為敢對鳥群說實話而遭到放逐。強納森越努力練習慈悲的課程、越去探索愛的本質，就越想要回到地球。因為海鷗強納森過去雖然孤獨，但他天生是個老師，而他展現愛的方式便是將他所領悟到的真理，教授給一隻想要有機會親眼見識到真理的海鷗。

蘇利文現在也學會超時空飛行，並幫助別的海鷗學習了。但他對強納森的想法表示懷疑。

「強，你曾被放逐過。為什麼你會認為你前世的那些海鷗中，會有人願意聽你的？你也知道一句至理名言：看得最遠的海鷗飛得最高。你前世的那群海鷗同伴都站在地上，呱呱亂叫，爭奪食物。他們離天堂豈止千里之遙，你卻說你想讓他們從他們所站之處見到天堂！強，他們連自己的翅膀尖端都看不到！留在這裡，幫助新來的海鷗吧；他們飛得夠高，明白你要對他們說的話。」他沉默了片刻，又說，「如果蔣之前飛回他的舊世界去，你今天又會處於什麼境地呢？」

最後一句話道出了一切。而且蘇利文說得對：看得
最遠的海鷗飛得最高。

強納森留下來教導新來的鳥，他們都很聰明，學得
很快。但他曾有的感覺再度湧現，他忍不住想著地
球上或許也有一、兩隻願意學習的海鷗。如果他被
放逐的那一天就碰到蔣的話，那他現在所知道的豈
止如此！

「蘇利文，我必須回去。」最後他說，「你的學生都進步很多，他們可以幫助你訓練新鳥。」

蘇利文嘆了口氣，但沒有爭辯，只說了句：「我會想念你的，強納森。」

「蘇利文，你不懂！」強納森責備他，「別傻了！你每天都在做什麼練習呢？如果我們的友誼必須靠時空來維繫，那當我們終於克服時空的限制時，不也就毀了我們的情誼！只要克服了空間，我們所有的就是此地；克服了時間，我們所有的就是此時。而在此時和此地之間，你不認為我們偶爾會相見嗎？」

海鷗蘇利文不由得笑了。「你這隻瘋鳥。」他溫和地說，「要是有誰可以讓地面上的任何鳥看到一千英里遠，那一定是海鷗強納森・李文斯敦了。」他注視著沙地。「強，我的朋友，再見了。」

「再見，蘇利文，我們會再見的。」說罷，強納森想起以前聚集在海灘上的那群海鷗，而他已學會從容面對，他知道自己不再是羽毛包骨頭，而是自由與飛行的完美意念，無拘無束。

海鷗福萊契‧林德年紀還很輕，卻已經知道沒有其他鳥曾被任何鳥群如此嚴厲或如此不公地對待。

「我不管他們怎麼說。」他忿忿地想著，朝遠端山崖飛行，視線因淚水而模糊。「飛行不只是拍著翅膀從一個地方到另一個地方而已！一隻……一隻蚊子都可以那樣做！我不過愛玩，繞著長老海鷗打了個滾，就遭到放逐的命運！他們都瞎了眼嗎？他們看不見嗎？他們想不到當我們真的學會飛行時的榮耀嗎？

「我不管他們怎麼想。我要讓他們見識飛行是什麼！我要當一個逃犯，如果那是他們想要的。我要讓他們後悔……」

一個聲音在他的腦袋裡響起，雖然低微，卻讓他嚇了一大跳，在半空中失速停頓。

「海鷗福萊契，不要過度責怪他們。其他海鷗將你放逐，只不過是害了他們自己，總有一天他們會知道的，總有一天他們會看到你所看到的。原諒他們吧，幫助他們了解。」

距他的右翼尖端一吋遠處，一隻全世界最潔白光亮的海鷗以近乎福萊契的最高速度飛著，輕鬆自在地滑翔，羽毛紋風不動。

一時間這隻年輕的鳥感到困惑。

「怎麼回事？我是不是瘋了？我死了嗎？這是什麼？」

那聲音又在他的腦袋裡響起，低微沉著，要求他回答。「海鷗福萊契・林德，你想要飛嗎？」

「是的，我想要飛！」

「海鷗福萊契・林德，你真的非常想飛嗎？甚至願意原諒鳥群、學習，然後有一天再飛回去找他們，幫助他們理解？」

儘管海鷗福萊契是一隻十分自傲又深受傷害的鳥，他也無法對這隻技巧高超的偉大生物說謊。

「我願意。」他輕聲說。

「那麼，福萊契，」那明亮的生物以無比仁慈的聲音對他說，「讓我們從平飛開始吧……」

Part **Three**

強納森在遠端懸崖上空慢速盤旋、觀望。這隻年輕莽撞的海鷗福萊契，可以說是一個學習飛行近乎完美的學生。他強壯，在空中輕盈快速，更重要的是他有學習飛行的強烈企圖心。

此刻他飛了過來，一團灰色身影先俯衝入水，再騰空飛起，以一百五十英里的時速飛過他的老師。他猛然急拉，再度嘗試十六段慢速垂直翻滾，並大聲報出段數。

「……八……九……十……強納森——你看——我
——快——停——住——了……十一……我——想
——像——你——那樣——急——停……十二……
但——該死——我——做——不——到……十三……
這——最——後——三——段……沒有……十四
……啊！」

福萊契在最高速時失速急墜，他的憤怒讓情況變得
更糟。他向後栽、翻滾，上下顛倒地猛烈旋轉，最
後終於恢復平衡，在老師下方一百呎處停住，大口
喘著氣。

「強納森，你教我只是在浪費時間！我太笨了！我太蠢了！我試了又試，但就是學不會！」

海鷗強納森俯視著他，點點頭。「你要是在上升時一直那樣用力，就永遠也學不會的。福萊契，你一開始的時速就慢了四十英里！你一定要沉住氣！穩穩的，沉住氣，記住了嗎？」

他降低到那隻年輕海鷗的高度。「現在我們以同步隊形再試一次。拉高時要注意。沉住氣，慢慢滑行。」

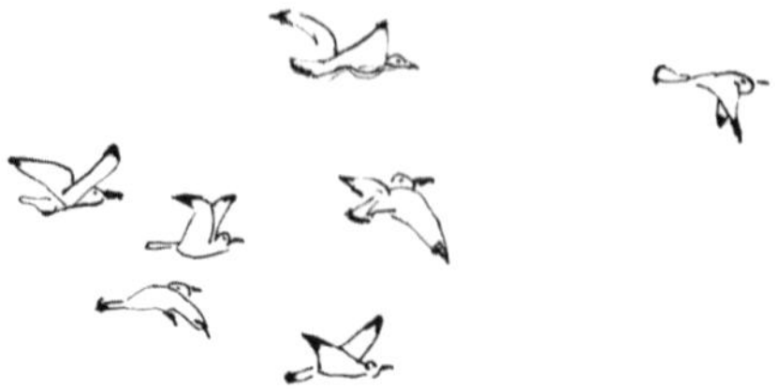

三個月之後，強納森又多了六個學生。他們全都遭到放逐，但都對這種為了享受飛行的樂趣而飛的新奇想法感到好奇。

然而，讓他們練習高超的技巧還是比讓他們了解背後的道理來得容易。

「實際上，我們每一隻都是一個鷗神的概念，一個無拘無束、自由的概念。」每天傍晚在沙灘上，強納森都會這麼說，「精確的飛行只不過是表達我們真實本質的一個步驟。我們必須放開所有限制。所以我才要你們做高速練習，還有低速和特技……」

但他的學生卻因為白天飛得精疲力竭，都睡著了。他們喜歡練習，因為既快速又刺激，可以滿足每上一課就更想學習的飢渴。可是，包括海鷗福萊契‧林德在內，他們都不相信飛行的概念有可能和風及羽毛一樣真實。

「你們的全身，從一個翅膀尖端到另一個翅膀尖端，」有時候強納森會說，「都是你的思想本身，化為你看得見的形體。只要解除思想的束縛，你就掙脫了身體的束縛……」但是無論他怎麼說，聽起來都像天方夜譚，只會讓他們昏昏欲睡。

不到一個月，強納森說，飛回鳥群的時候到了。

「我們還不行！」海鷗亨利·卡文說，「他們不歡迎我們！我們被驅逐了！我們不能勉強自己回到那個不歡迎我們的地方去，不是嗎？」

「我們可以自由地去想去的地方，做我們想做的事。」強納森回答，接著便自沙灘起飛，朝東方往鳥群的棲息地飛去。

他的學生們一時間都感到很痛苦，因為鳥群的法律明定，被放逐者永不能返回，而這條法則萬年來都不曾被打破過。法律說留下來，強納森說走，而且此時他已在一英里外的海面上了。他們再等下去的話，他就會單獨飛到充滿敵意的鳥群那裡了。

「呃，既然我們已不再屬於鳥群，我們就不必遵守法律了，不是嗎？」福萊契有點不自在地說，「再說，如果有戰鬥，我們在那裡會比在這裡有用多了。」

Jonathan Livingston Seagull————————————

於是，那天早上，他們從西方起飛，一行八鳥，排成雙菱形的隊形，翅膀尖端幾乎相碰。他們以一百三十五英里的時速飛過鳥群的議會沙灘，由強納森領頭，福萊契平穩地飛在他的右側，亨利·卡文奮力振翅飛在他的左側。接著整個隊形緩慢地朝右側翻滾，先是一隻鳥……由平飛……到……翻轉……到……平飛，風凌厲地掃過他們每一個。

這個隊伍彷彿一把巨大的利刃，將鳥群每日例行的呱叫和爭搶倏然切斷，八千隻海鷗的眼睛一起瞪視，沒有眨動半下。八隻鳥一隻接著一隻，猛地拉高，繞圈飛行，等繞過完整的一圈後再減速，垂直降落在沙灘上。接著，海鷗強納森開始評論這次飛行，好似這種情況稀鬆平常。

「首先，」他面帶笑容說，「你們在集合的時候都慢了半拍……」

鳥群猶如被閃電擊中。那些是被放逐的鳥！他們回來了！那⋯⋯那不可能發生！福萊契預測的戰爭在鳥群的困惑中化解了。

「呃，沒錯，是的，他們是被放逐了。」有些年紀較輕的海鷗說，「但是，嘿，他們是在哪裡學到那樣飛的？」

長老的話花了將近一個鐘頭才傳遍鳥群：置之不理。任何鳥膽敢跟被放逐的鳥說話，便會被驅逐；任何鳥膽敢看那些被放逐的鳥一眼，就違反了鳥群的法律。

從那一刻起，每隻海鷗都以灰色羽毛背對著強納森，但他似乎毫不在意。他就在議會海灘上空展開練習課程，而且第一次要求他的學生們發揮極限。

「海鷗馬丁！」他在空中叫喊，「你說你會低速飛行，那就證明給我們看吧！飛！」

於是，文靜的小海鷗馬丁‧衛連，雖然因為被老師點名嚇了一跳，卻出乎自己意料地成為低速飛行的高手。他在最輕微的風中可以完全不搧動翅膀，藉由彎曲羽毛從沙灘飛升到雲端，然後再降下。

同樣的，海鷗查爾斯‧羅藍乘著狂野的山風飛到兩萬四千呎的高空，再由冰冷稀薄的空氣中倏地飛下，既驚訝又快樂，決心第二天要飛得更高。

最喜歡表演特技的海鷗福萊契，征服了他的十六段慢速翻滾，次日更演出連翻三個跟頭。從沙灘上望去，他的白色羽毛在陽光下閃閃發亮，而偷看他的可不只一隻海鷗。

強納森時時刻刻都守在學生身旁，示範、建議、要
求、指導。他和他們一起飛過夜空、雲端和風雨，
只為了好玩，而鳥群卻悲慘地在地上簇擁著。

飛行結束後，學生們會回到沙地上放鬆歇息，並更
仔細地聆聽強納森的教誨。他有一些瘋狂的想法是
他們無法理解的，但他也有些他們聽得懂的好主
意。

慢慢的，在黑夜裡，坐在地上的學生外圍，又形成
了另一圈聽眾——這些好奇的海鷗在黑暗中津津有
味地聆聽著，不希望被彼此看見，在天亮之前悄然
離開。

他們返回一個月後，鳥群裡的第一隻海鷗越過界線，請求讓他學習飛行。海鷗泰倫斯·洛威因為提出這個請求而被唾棄，遭到放逐，並成為強納森的第八名學生。

第二天晚上，鳥群中的另一隻海鷗，科克·梅那，拖著左翼，搖搖晃晃地走過沙灘，倒在強納森的腳前。「幫助我。」他以非常微弱的聲音說出垂死的心聲，「我一心只想要飛……」

「那就來吧。」強納森說,「和我一起從地面爬升,然後就可以開始了。」

「你不明白,我的翅膀,我的翅膀動不了。」

「海鷗梅那,你有成就自我的自由,真正的自我,此時此地,沒有任何事物可以阻擋你。這是鷗神的法則,也是唯一的法則。」

「你是說我可以飛?」

「我說你是自由的。」

就這麼簡單快速,海鷗科克‧梅那毫不費力地展開雙翼,飛向夜空。他從五百呎的高空中放聲大喊:「我可以飛!聽著!我可以飛!」他的叫喊聲將鳥群從睡夢中驚醒。

到黎明時已有將近一千隻海鷗站在學生群的外圍，好奇地盯著梅那。他們不在乎被看見，仔細傾聽，想要理解海鷗強納森的教誨。

他說得都很淺顯——說海鷗有飛的權利；說自由是海鷗的本性；說任何妨礙自由的事物都應該被拋棄，無論是慣例或迷信或任何形式的束縛。

「拋棄？」鳥群中的一個聲音說，「甚至是鳥群的法律嗎？」

「真正的法律應該保障自由。」強納森說，「那才是唯一的法律。」

「我們怎麼可能像你那樣飛呢？」另一個聲音說，「你超凡特出又有天分，遠在其他鷗鳥之上。」

「看看福萊契吧！還有洛威！還有查爾斯·羅藍！珠蒂·李！他們也都超凡突出又有天分嗎？他們跟你們一樣，跟我一樣。唯一的差別在於，他們已經開始領悟自己的真我，也開始修行了。」

除了福萊契外，他的學生們都不安地動了動。他們根本沒想到自己正在修行。

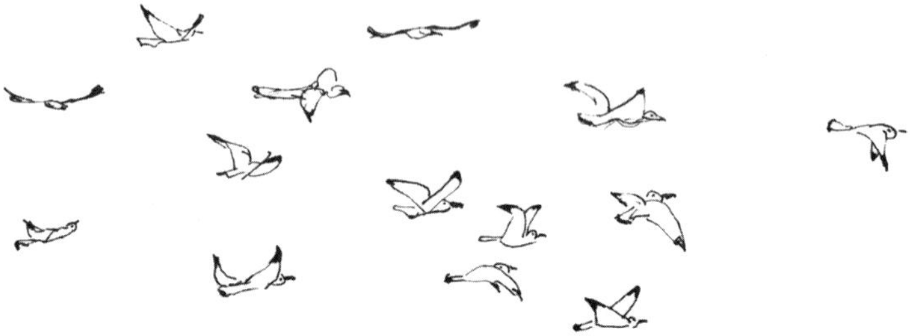

鳥群的數量與日俱增,有來提問的;有來表示崇拜的;也有嗤之以鼻的。

「鳥群們都在傳,你要不是鷗神之子,」一天早上做過進階速度練習後,福萊契對強納森說,「就是遠遠超越你的時代。」

強納森嘆了口氣。這是被誤解的代價,他心想。他們不是稱你為魔鬼,就是稱你為神。「福萊契,你說呢?我們超越了我們的時代嗎?」

半晌的沉默。「嗯,這樣的飛行一直都存在,任何想要探索的鳥都可以這樣飛。這和時代並無關連。或許我們只是走在時代的尖端吧,走在多數海鷗飛行的前端。」

「說得沒錯。」強納森說著,一個翻滾,逆轉滑翔。「聽起來比超越我們的時代好一些。」

才不過一個星期，就出事了。福萊契正在對一班新
生示範高速飛行的要素。他剛從七千呎的俯衝後拔
高，在沙灘上方幾吋處形成一團向上噴射的灰影，
這時一隻剛開始試飛的小海鷗直接滑入了他的航
道，叫喚著他的母親。海鷗福萊契·林德只有十分
之一秒可以閃開那隻小海鷗，因此他在接近兩百英
里的時速下猛力向左轉，撞向堅硬的花崗岩懸崖。

對他而言，山崖彷彿是一扇巨大堅硬的門，引領他
進入另一個世界。他在一陣恐懼、驚駭和黑暗中撞
擊，接著便在一個非常非常奇怪的天空中飄浮著。
遺忘，追憶，遺忘；害怕，悲傷，難過，非常非常
的難過。

那個聲音出現了，就如他初次遇見海鷗強納森·李
文斯敦的那天。

「福萊契，關鍵是我們要努力地一步步克服我們的
限制，要很有耐心地。依照課程設計，我們還要再
等一等才能想辦法穿過岩石飛行。」

「強納森！」

「別名鷗神之子。」他的老師自嘲。

「你怎麼會在這裡？那個懸崖！我不是……我不是
應該……死了嗎？」

「喔，福萊契，少來了。想一想，既然你正在和我
說話，顯然你並沒有死，對吧？你做到在猝然之中
改變意識的層次。這是你的選擇。你可以留在這
裡，在這個層次學習——要知道，這個層次高於你
剛剛離開的那個層次——你也可以回去，繼續指導
鳥群。長老們一直希望有災難發生，但對於你如此
聽話，他們都嚇了一大跳呢。」

「我當然要回鳥群那裡去，我才剛開始指導那一班
新生呢。」

「很好，福萊契。記得我們說過，軀體只是思想的
化身……？」

福萊契搖搖頭，展開雙翅，張開眼睛，發現自己在懸崖下，而鳥群將他團團圍住，並在他動起來時，一陣陣地呱叫和驚呼。

「他活過來了！他本來已經死了，又活過來了！」

「他用翅膀尖端碰觸他，把他救活了。鷗神之子！」

「不是！他否認自己是鷗神之子！他是魔鬼！魔鬼！來把鳥群拆散的！」

四千隻海鷗圍在一起，為剛剛發生的事感到驚恐，接著「魔鬼」的叫喊聲如海上的風暴般，排山倒海而來。他們的眼神冰冷，鳥喙尖銳，集體圍攏過來，想要毀滅。

強納森問：「福萊契，你覺得我們離開會比較好嗎？」

「我當然不會反對……」

他們立刻一起站到半英里之外，因此眾鳥揮掠的鳥喙只啄到空氣。

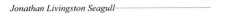

Jonathan Livingston Seagull

強納森困惑不解。「為什麼世上最難的事情是說服一隻鳥相信他是自由的？而且只要他花一點時間練習，就可以證明了。為什麼會這麼難呢？」

福萊契仍因場景的變換而眨著眼睛。「你剛才做了什麼？我們怎麼到這裡來的？」

「你不是說你想要離開鳥群嗎？」

「我是說過！可是，你怎麼……」

「就像其他事情一樣，福萊契，透過練習。」

第二天早上，鳥群已經忘了先前的失控，但福萊契忘不了。「強納森，記得你在很久以前說過，因為愛鳥群，所以回去幫助他們學習嗎？」

「當然。」

「我不明白你怎麼可以愛一群剛剛還想殺死你的暴鳥。」

「喔，福萊契，你不會愛那個的！你當然不會愛憎恨和邪惡。你必須學習看到真正的海鷗，看到每一隻鳥心中的善，並幫助他們看到自己心中的善。那就是我所說的愛。等你熟練以後，其實還滿好玩的。

「例如，我記得有一隻年輕的鳥心懷怨恨，他的名字是海鷗福萊契‧林德。他剛被放逐，想要與鳥群單打獨鬥到死為止。一開始他在遠端山崖上構築自己怨憤的地獄，現在他卻在這裡構築他的天堂，並帶引鳥群往同一個方向走。」

福萊契轉向他的老師，眼底出現一抹懼怕。「我引導？我怎麼會引導？你才是老師。你不能離開！」

「我不能嗎？你不認為也許有別的鳥群、別的福萊契，比這一群已走向光明的鳥更需要老師嗎？」

「我？強，我只是一隻平凡的海鷗，但你是──」

「是鷗神的獨生子，是吧？」強納森嘆了口氣，眺望海面。「你已經不需要我了。你需要不斷地追尋自我，一天一點，找到那個真正的、沒有局限的海鷗福萊契。他才是你的老師。你需要了解他，磨練他。」

不一會兒，強納森的身體在半空中飄搖、浮動，並開始變得透明。「別讓他們散播有關我的愚蠢謠言，或把我當成神，好嗎，福萊契？我是一隻海鷗。也許，我只是喜歡飛⋯⋯」

「強納森！」

「可憐的福萊契。不要相信你的眼睛所見，眼睛看到的是極限。用你的理解力去看，找出你已經知道的，你就會明白飛行的方法。」

晃動的光停止了，海鷗強納森憑空消失不見。

過了好一會兒，福萊契勉強自己飛到空中，面對另一群渴望上第一課的新生。

「首先，」他語重心長地說，「你們必須明白，一隻海鷗是無拘無束、自由的概念，是鷗神的形象，而你的身體，從一個翅膀尖端到另一個翅膀尖端，只不過是你想法的化身。」

年輕的海鷗疑惑地望著他。嘿，他們心想，這聽起來不像是繞圈迴旋的規則。

福萊契嘆了一口氣，重新開始。「嗯。啊……好吧。」他以批判的目光打量著他們，說，「我們從平飛開始。」話一出口，他剎那間明白他的朋友說他並不比福萊契更超凡是真心話。

沒有局限嗎，強納森？他心想。好吧，不久，我就會憑空顯現在你的沙灘上，讓你見識一下什麼叫飛行！

雖然海鷗福萊契努力要在他學生面前表現出適當的嚴厲，但他突然看清了他們的真我，不過一瞬間。而他不只喜歡他所看見的，更深深喜愛。沒有局限嗎，強納森？他想著，微微一笑。他學習的賽程開始了。

Part *Four*

海鷗強納森自鷗群海灘消失後的那幾年，住在此
地的這群海鷗是有史以來最怪異的一群鳥。其中
有許多隻確實已經開始明瞭他所帶來的訊息，因
此時常可以看到有年輕的海鷗頭上腳下地飛行，
練習翻滾，但同樣也可以看到老鳥不願睜開眼睛
去看飛行的榮耀，只是直視前方的漁船，希望可
以吃點濕麵包當晚餐。

海鷗福萊契‧林德和強納森的其他幾位學生踏上
漫長的傳教旅程，對海岸線的每一群鷗鳥傳揚他
們導師所教導的自由和飛行。

在那些日子裡有些了不得的事件。福萊契自己的
學生，以及這些學生的學生，以前所未見的精準
和喜悅飛行。當他們練習時，偶爾會有一、兩隻
鳥的特技飛行青出於藍，飛得比福萊契好，甚至
勝過之前的強納森。一隻企圖心極強的海鷗的學
習曲線屢創高峰；此外，不時會有學生完全超越
極限，消失無蹤，就像強納森從局限他們的地表
上消失一樣。

Jonathan Livingston Seagull————————————

這是一段短暫的黃金期。海鷗們成群結隊、互相推擠，想要碰觸福萊契，因為他曾觸摸過現在被他們視為鷗神的海鷗強納森。雖然福萊契一再堅稱強納森是一隻像他們一樣的海鷗，只是學會了他們全都可以學到的，但沒人肯聽。他們不斷地要求他一字不差地說出強納森說過的話，他的飛行姿勢，以及有關他的任何細節。他們愈想知道芝麻綠豆大的小事，海鷗福萊契就愈感到不安。曾經他們都只想將訊息付諸實行——訓練、快飛和在空中的自由與榮耀——但現在他們卻開始怠惰，不願克服困難，只會瞪大眼睛想要聽強納森的傳奇，彷彿他是迷哥迷姐們的偶像。

「福萊契前輩，」他們問：「偉大的強納森是說『我
們真的都是鷗神的概念⋯⋯』還是說『我們實際上都
是鷗神的概念⋯⋯』？」

「請叫我福萊契就好。就是海鷗福萊契。」他回答，
為他們對他的尊稱感到驚愕。「他用哪幾個字又有
什麼不同呢？兩種說法都是正確的，我們就是鷗神
的概念⋯⋯」但是他知道他們對他的回答並不滿意，
他們以為他故意迴避他們的問題。

「福萊契前輩，當鷗神強納森起飛時，他是順風向前
跨出一步⋯⋯還是兩步？」他還來不及糾正一個問
題，另一個問題又來了。

「福萊契前輩，鷗神強納森的眼睛是灰色的還是金色的？」發問的鳥眼睛是灰色的，所以只為一個答案苦惱。

「我不知道！不要管他的眼睛！他的眼睛是⋯⋯紫色的！那有什麼關係？他要告訴我們的是，我們可以飛──只要我們醒過來，不要再站在沙灘上談論某人的眼睛是什麼顏色！現在仔細看，我示範一下怎樣側翻⋯⋯」

可是不只一隻海鷗覺得練習翻滾這種困難的動作實在很累人，飛回家時心裡想的是：「鷗神的眼睛是紫色的──和我的不一樣，和世上任何一隻海鷗都不一樣。」

在幾年之間，課程的內容改變了，從如詩般的振翅高飛變成在練習之前和之後低聲談論強納森；變成在沙灘上全神貫注地讚頌鷗神，再也沒有鳥飛行了。

福萊契和強納森的其他幾位學生，對於這樣的改變先是困惑，接著想要糾正，然後是堅決、忿怒，但卻想不出辦法來加以制止。他們受到敬重——更有甚者——崇拜，可是群鳥對他們的話已經充耳不聞，而會練習飛行的鳥也愈來愈少了。

強納森的第一批學生一個接一個去世了，留下了冰冷的死屍。鷗群為這些屍體舉行盛大又哀痛的喪禮，將他們葬在巨大的碎石堆下，每顆石子都是由一隻神情嚴肅的鳥在唸完一長篇哀傷的頌詞之後放上去的。這些石堆變成了聖殿，每隻想要達到萬宗歸一的鳥都必須進行這個儀式：在石堆前發表一篇悲愴的演說，並放上一顆小石頭。沒有人知道什麼是萬宗歸一，只知道那真是太深奧了，所以誰敢問誰就會被當作傻瓜。還用說嗎？人人都知道萬宗歸一是什麼，只要放到海鷗馬丁墳墓上的石子愈漂亮，就愈有機會達到。

Jonathan Livingston Seagull————————————

福萊契是最後一隻去世的。那時他正在進行有生以來最精純也最美麗的一次漫長且孤獨的飛行。在一次漫長的垂直慢速翻滾中，他的身體消失了；從他初次遇見海鷗強納森時他就在做這個練習。當他消失時，他並不是在放石子或在思索萬宗歸一的口號。他在他自己的完美飛行中消失了。

當福萊契在下一星期沒有出現在沙灘上時，當他沒有留下隻字片語就消失時，鷗群一時感到震驚。

但他們立刻聚在一起思索，然後決定必是發生了什麼事情。他們宣布，有人見到福萊契前輩被其他七隻前輩學生圍住，站在此後被稱之為「萬宗歸一石」的岩石上，接著雲層分開，鷗神強納森・李文斯敦出現了，披戴著高貴的翎毛和金色貝殼，頭上還戴了一頂寶石皇冠，象徵性地指指天空、海洋、風和地面，叫喚他上升，到「萬宗歸一沙灘」去，於是福萊契就在祥雲瑞光之間神奇地上升，然後在浩大的海鷗合唱聲中，雲層就再度合攏了。

於是，為了紀念福萊契前輩，在「萬宗歸一石」上的那個碎石堆，被堆成了世上所有的海岸線上最大的一堆。其他各處都蓋了複製石堆，而且每星期二下午鷗群會走過去，站在石堆四周，聆聽海鷗強納森‧李文斯敦和他那些天賦異稟的學生們締造的奇蹟。除非絕對必要，沒有鳥再飛了，而就算必要飛時，他們也創造出一些奇怪的習俗。比較富裕的鷗鳥開始以鳥喙叼著樹上摘下的樹枝，作為地位的象徵。他所叼的樹枝愈大或愈重，就愈能得到鷗群的敬重。樹枝愈大，他就愈會被認為飛行技術很先進。

海鷗社會中有幾隻注意到，即使是信仰最堅定的海鷗，負載那些沉重的樹枝，也無法好好飛行。

一顆光滑的小石子變成了強納森教誨的象徵，後來更演變成任何一個古老的岩石都可以視為象徵。對一隻視教導飛行為樂趣的鳥而言，這根本是一個最爛的象徵，可是似乎沒人注意到這一點。至少，鷗群中有點地位的鳥都沒注意到。

到了星期二，所有的飛行都會停止，群鳥沒精打采地站在一起，聽鳥學生幹事唸誦。在幾年之間，講故事變成了有階級之分且硬梆梆的堅硬教條。「啊——偉大的——鷗神——強納神——憐憫我們——比沙蚤都要卑微的我們……」如此絮絮叨唸，每個星期二，好幾個鐘頭。幹事若能連續快速唸誦，更顯得表現卓越，以致於沒人聽得懂唸誦的字句。有幾隻無禮的鳥低聲說，就算有人最後可以聽出其中的一、兩個字，那唸誦聲根本就毫無意義。

沿著整個海岸線，在每一個石堆和複製石堆前，強納森的雕像一座接一座冒出，以沙岩啄成，用紫色貝殼嵌出悲傷的大眼睛，成為膜拜的中心點，甚至比岩石所能象徵的更為沉重。

不到兩百年，強納森教誨的每一個元素全都自每日的練習中移除，因為根據簡單的宣告，這些元素是神聖的，也是一般海鷗，比沙蚤更卑微的海鷗，無法想望的。慢慢地，以海鷗強納森之名形成的儀式和習俗變成一種魔障。任何有思想的海鷗都會改變飛行路線，避免看到那些石堆，因為那些石堆是由不願努力成就偉大卻寧願有失敗藉口的海鷗，為了儀式和出於迷信所建立的。弔詭的是，有思想的海鷗對某些字句，如「飛行」、「石堆」、「偉大的海鷗」、「強納森」等，都不願用心思索。在其他所有的事物上，他們都是自強納森以來最有思想、也最誠實的海鷗，但只要一提到他的名字，或任何被學生幹事粗暴賣弄的用詞，他們的心智就會緊閉，就像機關門猛然關上一般。

由於他們很好奇，他們開始實驗飛行，雖說他們從未用過這兩個字。「這不是飛行。」他們會一再告訴自己：「只是找到真理的一種方式。」因此，為了拒絕「學生」，他們成為另一種學生。為了拒絕海鷗強納森之名，他們練習著他最初帶給鳥群的訊息。

這不是一場喧囂的革命，沒有怒吼，也沒有搖旗吶喊。只有個別的鳥，比如海鷗安東尼，還未完全長出成鳥的羽毛，卻開始發問。

「我說，」他曾對學生幹事說，「那些每星期二到這裡來聽你唸誦的鳥，是為了三個理由而來，對吧？第一，他們以為自己在學習；第二，他們以為在石堆上再放一顆小石子會使他們變得神聖；第三，因為其他人都要他們來參加。對吧？」

「孩子，難道你不需要學習嗎？」

「不是的，我需要學習，只是我不知道要學什麼。如果我不值得，一百萬顆石子也不會使我變得神聖，而且我也不在乎其他隻海鷗對我有什麼想法。」

「孩子，那你的答案是什麼？」這種異端邪說令學生幹事微微震驚。「你對生命的奇蹟有什麼說法？偉大——神聖的——強納神——說，飛行……」

「生命並不是奇蹟，幹事，而是很無聊。你說的偉大的海鷗強納森是很久以前某人創造出來的神話，是弱者因為無法面對真實的世界而選擇相信的童話。想想看！一隻飛行時速高達兩百英里的海鷗！我嘗試過，但我最快只能飛五十英里，向下俯衝，而且差不多完全失控。某些飛行法則是無法突破的，如果你不這麼想，那你可以出去飛飛看！你真的相信——真心的——你的偉大的海鷗強納森可以以時速兩百英里飛行嗎？」

「還可以更快呢！」幹事基於盲目的信仰，堅定地說，「而且還教導別人這麼飛。」

「你的童話是這麼說的。不過，幹事，等你能讓我看到你可以飛這麼快時，我才會聽你要說的話。」

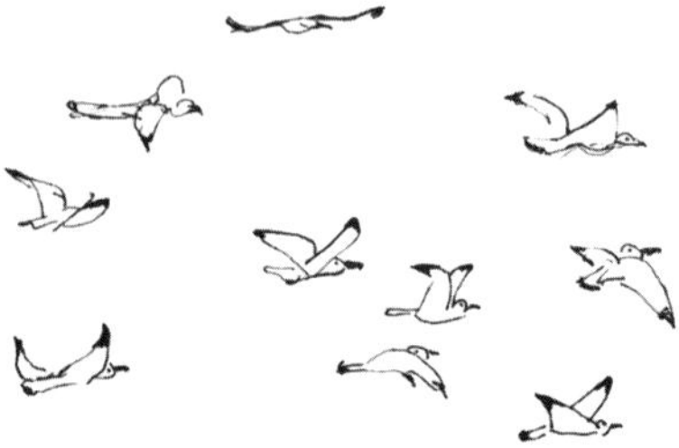

那就是關鍵，而海鷗安東尼一說出口就知道了。他沒有答案，但是他知道如果有一隻鳥可以展示他剛才所說的，讓他看到生命中一些有用的答案，為每天的生存帶來卓越和喜悅，那他就會心悅誠服地追隨他。在他找到這隻鳥以前，人生仍會是灰暗、蒼白的，沒有邏輯，沒有目的，每隻海鷗仍然只是血肉的湊巧凝聚，羽毛仍指向遺忘。

海鷗安東尼，還有愈來愈多年輕的鷗鳥們，已經踏上拒絕以海鷗強納森之名而存在的儀式和習俗之路。他們對生命的徒然感到悲傷，但至少對自己誠實，也勇敢面對生命無足輕重的事實。

接著，有一天下午，當安東尼沿著海面上振翅飛行時，茫然地想著人生沒有目的，而沒有目的是因為毫無意義，那麼唯一合宜的行動就是潛入海裡淹死算了。與其像一根海草般活著，毫無意義或樂趣，還不如根本就不要活。

這樣想很合理。這是純粹的邏輯思考，而海鷗安東尼一生都努力遵從誠實與邏輯。反正他遲早都要死，他看不出有什麼理由要繼續苟延殘喘過無聊的生活。

於是他用力推進，從兩千呎的高空對準下方，以接近五十英里的時速俯衝。奇怪的是，做出這最後決定卻令他感到興奮。他找到了一個有點道理的答案。

就在他往下俯衝到大約半途，在他下方傾斜的海面逐漸擴大，這時從他的右翼傳來一聲尖銳的呼嘯，接著只見另一隻海鷗比他快速地飛過了他……彷彿他是站在沙灘上一樣地飛過他。另一隻鳥是電光石火般的一道白芒，像天空落下的一團隕石。安東尼嚇了一跳，折起翅膀緊急煞車，對這景象不知該有何想法。

那團灰影朝著海面逐漸變小，快速衝向浪頭，接著折起翅膀猛然拉升，鳥喙直接轉向天際，一個翻滾。一個垂直慢速翻滾，在半空中幾乎不可能地彎曲繞行一整圈。

安東尼減速，注視，忘了自己身在何處，再度減速。「我發誓，」他大聲說，「我發誓那是一隻海鷗！」他立刻轉向那隻鳥，後者顯然並未留意他。「嘿！」他扯開嗓門大叫，「嘿！等我一下！」

那隻海鷗立刻高舉一側翅膀，以極快的速度移動，轉身朝他火速衝來。安東尼繼續飛行，用力拉成垂直的角度，接著在半空中猝然停止，如滑雪選手在滑下坡的盡頭停住一樣。

「嘿！」安東尼上氣不接下氣。「你……你在做什麼？」這問題很可笑，可是他不知道該說什麼。

「要是我嚇到你，很抱歉。」那隻陌生的海鷗以像風一般清爽又友善的聲音說，「我一直都在看著你。我只是鬧著玩……我不會撞到你的。」

「不是的！不是那樣的。」安東尼受到啟發，有生以來第一次清醒且生氣盎然。「那是什麼？」

「喔，好玩的飛行吧，我想。一個俯衝，再拉高從上方進行繞圈的慢速翻滾。只是鬧著玩的，要是你真想做得好，就要練習一下。不過看起來很不錯，你不覺得嗎？」

「看起來非常，非常……美，美極了！可是你從來沒有在鷗群裡啊。你到底是誰呀？」

「你可以叫我強。」

後記

最後一章並不是很驚人的故事，雖然感覺很精彩。

一個人為什麼會突然想到要探險？喜歡自己作品的作家說，這種神祕就是魔法的一部分。沒有解釋。

想像力是個老靈魂。某人的心靈低語，輕聲訴說一個明亮的世界和那裡的生物，他們的喜悅、悲哀、絕望和勝利，故事說完了，只留下文字。作家幻化出影像去配合他們所看到的動作，記住從頭到尾的對話。只要插入字母、句號和逗號，這故事就可以像滑雪般順勢滑下書店的斜坡。

故事並不是由委員會和文法訴說的，而是出自一種奧祕，碰觸到我們自己無聲的想像力。某些問題會縈繞我們許多年，然後許多答案突然從未知中迸出，像許多根箭從我們未見過的弓射出。

對我而言正是如此。當我停止寫第四部時，海鷗強納森的故事才算結束。

當時，我反覆閱讀第四部，那永遠不可能會是真的！追隨強納森答案的海鷗們會以儀式扼殺飛行的精神嗎？

那一章說這是可能的。我不相信。當時我想，前三部已經說出了整個故事，第四部是不必要的：荒棄的天空，將樂趣悶殺殆盡的灰暗文字。第四部不需要付梓。

那麼，為什麼我沒有將它付之一炬呢？

不知道。我把它收起來，這不被我相信但卻有自信的最後一部。它知道我拒絕了什麼：統治者和儀式的暴力，會將我們選擇如何生存的自由鯨吞蠶食。

經過了那麼久，半個世紀，被遺忘了。

不久之前莎碧娜發現了這已經破損、文字褪色的故事，被壓在無用的商業文件下。

「你記得這個嗎？」

「記得什麼？」我說：「不記得了。」

我讀了幾段。「喔，我想起來了，差不多。這是⋯⋯」

「好好讀一讀吧。」她為她找到的古老手稿露出微笑，因為她感動。

打字機打出來的字都已經褪色。不過那些字句似曾相識，像我很久以前會寫的，往日的我。那不是我寫的，是他寫的，當時那個年輕小伙子。

讀完稿子，我心中充滿了他的警告和他的希望。

「我知道我在做什麼！」他說：「在你的二十一世紀，受到權威和儀式的包圍，將自由箝制。你不明白嗎？那是為了讓你的世界安全，但不是自由。」他最後一次活在他的故事裡。「我的時代已經過去了，但你的還沒。」

我再次思索他的聲音，這最後一章。我們都是看著自由在這世界走到盡頭的海鷗嗎？

第四部終於付梓，找到它的歸屬，它說也許不是。寫出的當時沒人知道未來如何。現在我們知道了。

李察・巴哈
寫於 2013 年春天

革命與神話

謝瑤玲／東吳大學及政治大學英語系教授

因為第四部的出現，再讀《天地一沙鷗》，感覺十分奇妙。如果說作者李察·巴哈在前三部要說的是人必須不斷追求，實現自我，發揮潛能，甚至超越有形的局限，並在對人的愛中達到靈魂的昇華，那麼他在第四部裡討論的是造神運動；也可以說，第四部其實是一個提醒，一個警訊。

李察·巴哈說他原本認為前三部已經很完整了，所以他把第四部束之高閣，直到現在。當他翻出第四部已經褪色的打字稿時，彷彿當年那個年輕的作家對他說：「在你的二十一世紀，受到權威和儀式的包圍，將自由箝制。你不明白嗎？那都是為了讓你的世界安全，但不是自由。」我直覺想到的是因為揭發政府非法監控而被俄國收留的史諾登，堅持要讀書而差點被塔利班政權殺死的少女瑪拉拉，為防止飛彈射擊用保護罩罩住的以色列的天空，還有被拒馬圍住的總統府，以及太陽花。

海鷗強納森是革命的始祖，為了自由和理想而被群鷗驅逐，但他終究完成自我追尋，也為其他海鷗創造了新的契機，指引方向，開啟一個新的時代。只不過，人是一種很不理性的動物（當然，在本書寓言中海鷗是人的化身）。我們都知道要有理想和夢想，要追求性靈和成就自我，可是我們每個人都常常會在現實中迷惑，在物欲中迷失。更有甚者，我們會盲目追逐偶像，無論他是被媒體塑造出來的、只能閃亮一時的明星，或是引領風潮的公眾人物。事實是，明星與政客的確常常利用這種人性的缺失，透過媒體或其他各種途徑造神，把自己塑造

成神話。而另一個事實是，偏偏大眾就是會去追逐這些神話，盲目膜拜，信仰這些神話中形成的儀式。所以，儘管海鷗強納森是革命導師，他的理想卻在造神運動中被眾人遺忘了。

「統治者和儀式的暴力，會將我們選擇如何生存的自由鯨吞蠶食。」作者提醒我們，我們不要空洞的傳奇，不要演說的空話，不要似懂非懂的口號（什麼是「萬宗歸一」？），也不要莫名其妙的象徵（不就像「漂亮的小石頭」或「沉重的樹枝」？）。因為這些口號、石頭和樹枝，不僅是迷惑我們而已，更會在社會中形成階級（愈有錢的人可以買到愈漂亮的石頭和愈大的枝椏），進而形成阻礙我們思想的魔障。

那該怎麼辦？在這個令人驚恐又迷失的世界，有任何解答嗎？作者的答案是，另一場革命，但「這不是一場喧囂的革命，沒有怒吼，也沒有搖旗吶喊。只有個別的鳥……」個別的選擇，一個人單獨完成的革命。如果前三部結束時，強納森帶我們看到的是以愛成就一個新世界，第四部要說的是，當這個世界的價值觀已經完全混亂時，一個人還是可以提出質疑，勇敢向世界挑戰，就像海鷗安東尼：雖然我們或許會為生命的徒然感到悲傷，但至少可以對自己誠實。只要有許多人都忠於自我，希望還是存在，這世界還是可能變好。

所以，忘掉謾罵，忘掉爭鬥，忘掉對立……你的選擇是什麼呢？

讓我們繼續效法強納森，振翅高飛吧！

不斷追尋——《天地一沙鷗》

謝瑤玲／東吳大學及政治大學英語系教授

當出版社問我要不要重譯《天地一沙鷗》時，我很興奮。這本書的篇章曾出現在我念國中時的教科書裡；只記得當時覺得文字優美，又簡單易讀，比起其他難讀的文言文課文，是深受歡迎和喜愛的一課。

趁著春假，我開始動筆。本來只想慢慢看慢慢譯的，但因為沉醉其中，不忍把書放下，也就一氣呵成了。

這麼簡單的一本書，卻蘊含了深刻的哲理。國中的我唸課文時，腦海中出現一群在沙灘搶食的海鷗，和一隻凌空飛翔的孤鳥，這畫面保留至今。是沒錯，當時能理解的，頂多就是為了理想寧願餓肚子，或特立獨行，與眾不同。年輕的我，想到的是千山萬水我獨行的俠氣，多瀟灑自在！

幾十年後再重讀這本書，心靈受到更多的震撼。因為後半部的強納森，做出更了不起的選擇：他選擇原諒，選擇去愛，並選擇把他的心得傳授給其他年輕的海鷗。我們在西洋文學裡常會接觸到所謂「基督形象」的角色，而強納森就是一個標準的「基督形象」，為眾鳥的愚蠢自我犧牲，背負他們無知的罪惡。

但是最令人感嘆的，並不在於強納森的基督精神，而是他一語道破「神即是人」的概念。沒有神，也沒有魔鬼。每個人看透形體，也就超越了形體的局限。既然超越極限，沒有束縛，人不就是神？死當然也不可怕了；不過是換個地方做同樣的事，繼續未完的追尋吧？沒有地獄，

也沒有天堂。就像強納森說的，天堂並不是一個地方，也不是任何一段時間。天堂是藉由探索慈悲與愛的意義而惕悟自己的本質。

本書作者李察・巴哈於一九七〇年代因本書而聲名大噪。後來他又陸續寫了十多本書，但台灣讀者對他的其他著作並不熟悉，可能是因為當年翻譯書的風潮比不上現在吧；也有可能當年年少無知的我，對於翻譯書籍並沒有太多關注。但是可以確知的是，那時幾乎每個中學生都讀過《天地一沙鷗》，無論是課內或課外。

根據報載，自稱是樂聖巴哈直系後代的李察，幾乎在每本著作中都闡述了他的人生觀，即有限的生命並不能局限一個人永恆的追求。就像他自己喜歡飛行；從他十七歲之後，他便畢生都在飛行。他曾在空軍服役，又飛過各種戰鬥機；即使寫作也寫與飛行相關的主題，包括為道格拉斯航空公司撰寫技術手冊，在《飛行》雜誌擔任特約編輯，以及——不用說——他的二十餘本著作。一個人可以窮其一生熱烈追求他的最愛，真是何其幸福！

其實，本書的出版並沒有想像中的平順，因為作者曾將不到一萬字的薄薄原稿送到許多家出版社去，都遭到回絕。若非後來配上一些非常獨特的海鷗照片，可能本書根本就不會有問世的一天。但是在文字與照片的對照烘托下，本書一出版便成為暢銷書，不但打破自《飄》（即《亂世佳人》）以來的精裝書銷售紀錄，更在一九七二年一年之間便狂銷一百萬冊，連續三十八週名列紐約時報暢銷書排行榜，一九七二

和七三年都登上《出版人週刊》暢銷書的第一名。一九七三年時，該書不但由《讀者文摘》刊載了全書的濃縮版，更被改拍成電影，原聲帶由名歌手尼爾‧戴蒙主唱。

早期的書評家大都認為本書闡揚了美國文化中自助天助和正向思考的精神，間接觸發了後來的所謂新思潮運動。但也有些書評家認為此書「平凡無奇，過於天真」。不過，誠如將此書列為「五十本經典性靈書籍」之一的名作家湯姆‧巴特勒—伯登所言：「三十五年後的今天，很容易忽略本書的創意和理念。雖然有人批評這個故事過於天真，但事實上它所表達的卻是一個永恆的主題，即人具有無限的潛力。」

有讀者說，本書教導他，一個人只要相信自己具有能力，便沒有做不到的事。這個預言故事以海鷗強納森學飛為主軸，勾勒出他和像他一樣的海鷗在萬般掙扎中努力找尋答案的過程。其實，我們每個人都像強納森一樣，對這個世界，對生命，充滿了許多疑問。為什麼生活中有這麼多的束縛？為什麼人生有許多外在的壓力？我要過的是怎樣的生活？我的人生目標是什麼？當我遇到阻礙時，要如何克服？我要怎樣堅持自我的追尋？要如何超越自己？要如何履行身為一個人對社會的責任？

作者用簡單易懂的文字和情節告訴我們，一個人的障礙其實是自我設限。別人的眼光和苛責，都不能造成追求自我的阻礙，唯有經由探索自我、了解自己的限制，才能不斷超越限制、不斷成長，並帶動別人

成長。正如另一位讀者所言：「我們常常怨天尤人，但其實是我們自己對自己不公平，我們沒有給自己機會，因為害怕失敗而限制自己的潛力，唯有掙脫束縛，超越這些限制，我們才能達到生命更高的層次。」作者也曾在一次訪問中說過，所謂「創作泉源」其實存在於每一個人的意念中，存在於我們每個人選擇去做的事，在我們的日常生活中，只要我們努力做，我們便得以免於恐懼和害怕。

李察‧巴哈造就了《天地一沙鷗》的奇蹟，更藉著此書傳達他畢生熱愛的信念：做自己愛做的事和想做的事，不要因為世人的誤會或害怕孤單而氣餒，一心一意去追求所愛，絕不輕言放棄！而當你把這樣忠於自我的信念付諸行動時，你就可以不斷超越，同時影響周圍的人，無形中也履行了身為人的責任和義務。

真的，當一個人認真執著為熱愛的事物付出時，怎麼可能沒有收穫或成就，怎麼可能不在這世上發光發亮呢？如果你熱愛攝影，或飛行，或設計，或寫作，或做糕餅，或捏陶土……每天學，每天摸，不斷地探索和努力，總有一天，這個奇蹟會是屬於你的！至少，你會超越現實的局限；至少，你會樂在其中。而一個人一生可以做自己愛做的事，已是多大的幸福啊！

我願像強納森那樣，引領我的學生們追求真我，即使他們一時無法領會，但終有一天他們會明白。終有一天，他們會像強納森的學生福萊契一樣，在一瞬間看到了真理，與我展開飛行的競賽！

從容自在——《天地一沙鷗》

廖鴻基／海洋文學作家

一再出版，顯然《天地一沙鷗》是部受歡迎的經典作品。生命過程難免都有困惑，都有掙扎；單就夢想與現實間的衝突，有可能就持續困擾了我們一輩子。這麼多年了，海鷗強納森，一直翱翔在許多人的心裡，因為他告訴我們，每個軀體和心靈合一的生命，都是獨立而自主的，所有的生命形式，包括生命面對的每一場困頓，都可以經由選擇、力行和不斷自我提升，做到一次次的突圍和脫出。

群聚是生物本能，往群體中心擁擠，掙上金字塔中心高層，如浪濤推拱自然形成群體社會的價值；但總是越中心越窄，越高的機會越是有限；群體中的絕大多數，孜孜碌碌無論再怎麼努力，恐怕一輩子也沒有機會站上高層。

海鷗強納森告訴我們機會在哪裡，他安慰大多數的我們，轉過頭來，也許海闊天空。他並不講道理，而是分享經驗，分享故事，他認為：價值並不唯一，價值觀一直是移動的，新的高點甚至新的中心是可以開創的。

依循既定規則擠在群體中互相取暖過日子，也許是一種比較安逸且方便的選擇。或者，離群獨飛探索自我，並高度的發展自我。當然，任何探索不一定有盡頭，特別是無前例可循勇敢踏出的第一步，難免摸索、碰撞，甚至被譏諷、受排擠，所有過程必然艱辛而孤獨。

無論任何選擇都得付出代價，有所承擔。

每一場挫折都是一次自我對話的機會，因為心靈和思想會引領我們的身體，再踏出一步，再試著做新的練習。能力是累積的，生命因為勇於深耕、勇於嘗試而更廣、更高。當軀體受挫不再是心靈的限制和負擔，生命將變得從容而自在。

許多年來，海鷗強納森一直安慰我們，鼓勵我們，生命可以自主選擇，也可以有不同選擇，安逸穩定的，自由自在的……可以是受限的，可以是脫出的……沒有一定標準或答案，總是生活以外，群體價值以外，海鷗強納森告訴我們，探索不盡的新境界永遠都等在那裡。

重讀《天地一沙鷗》的感動

蔡炳坤／前建中校長

以前就讀過《天地一沙鷗》，對於海鷗強納森不願當一隻在沙灘搶食小魚和麵包屑的平凡海鷗，為了追求自己的理想、尋找自己生命的意義，每天練習飛行技術、體驗翱翔愉悅的故事，留下了深刻的印象。高寶書版重新翻譯該書，邀我先睹為快，誠如書中情節所述「新的景象、新的思考、新的問題」一般，在我重新閱讀的過程中，對於海鷗強納森飛行的各種景象、面對困境的思考模式、處理問題的策略等，都有新的體會與感動。很顯然，《天地一沙鷗》是一本寓教於樂的寓言故事，作者李察·巴哈藉著海鷗強納森的生命追求與奮鬥歷程，來激勵青少年朋友們勇於追求理想。作為一個長期從事教育與行政工作者，對此尤其感同深受、格外體會深刻，是以，謹提出深富教育意涵的三點感動分享如下：

其一，勇於學習、無畏艱難；面對挑戰、全力以赴。 海鷗強納森為了可以自由自在學習飛行，甘冒家人的反對與家族的驅逐，這不是件容易的事，他始終勇於學習、無畏艱難；海鷗強納森為了充分發揮自己的實力，一直不停地練習飛行，從日出到日落，從迴旋、翻滾、旋轉、輪轉到觸擊，他始終面對挑戰、全力以赴。從教育的觀點看，前者是堅持理想，即使暫時得不到諒解，也不隨波逐流，總有被肯定的一天；後者是堅持熱情，一種發自內心的動力，即使傷痕累累也不輕言放棄，總有成功的機會。堅持理想與熱情，實為青少年朋友最需具備的生命內涵。

其二，讓天賦自由。自由是海鷗的本性、飛行是海鷗的天性，在自由飛行中尋找自己、超越自己，是海鷗自我實現的極致表現。作者指出：他們的生命中最重要的是去追求他們最想做的事，也就是飛行，並力求完美。任何妨礙自由的事物都應該被拋棄，無論是慣例或迷信或任何形式的束縛。這讓我想起《讓天賦自由》一書中所謂的四個關鍵要素：我有（什麼是你真正的力量所在）、我愛（哪件事讓你永遠充滿活力）、我要（你讓際遇左右生命，還是用態度創造運氣）、在哪（如何為你的熱情找到實踐的管道），從教育的觀點看，唯有讓天賦自由，才能讓天賦開展。海鷗強納森的天賦得到了自由而盡情展翅翱翔，我們的孩子呢？是否也能夠讓天賦自由開展，而獲得自我實現的機會？值得為人父母、為人師長深切省思箇中道理。

其三，努力探索「愛」。當長老海鷗將要離去的時候，告訴強納森說：你可以開始學向上飛，並理解慈悲與愛的意義。這啟示讓強納森以歡喜的心，從天堂飛回到地球來幫助被放逐的海鷗們，找到生命的方向。同樣的，當強納森要離去的時候，也告訴福萊契說：你必須學習看到真正的海鷗，看到每一隻鳥心中的善，並幫助他們看到自己心中的善，那就是我所說的愛。這種代代相傳、讓愛延續的情節真是令人感佩。從教育的觀點看，愛是付出、愛也是收穫，把愛激發出來、將愛傳承下去，的確是教育的核心價值。

飛行，才是人生的意義

歐陽立中／Super 教師、暢銷作家

「高中三年，我學會了放棄。」我永遠記得小翔說這句話的神情，看似平靜的語調，背後卻是深沉的絕望。

那是我高三班畢業前的最後一堂課，我讓孩子們分享他們在高中學到最重要的事。大部分孩子說自己學到溝通、負責、堅持等等，唯獨小翔語出驚人，說他學會了放棄。

小翔對藝術設計很有興趣，每次批改週記，我都被他繪製的精美插圖深深吸引。小翔興沖沖地告訴他爸，未來想要在藝術的天空飛翔，以畫筆為羽翼，以畫布為藍天。他爸卻說，夢想不重要，生存才是最重要的。最後，他要小翔去念管理相關科系。我試著跟他爸溝通，可惜沒能說服彼此。就這樣，小翔成為了畢業典禮上最鬱鬱寡歡的孩子。

讀著《天地一沙鷗》，小翔的身影又迴盪在我腦中。如果父母、孩子都讀過這本小說，會不會有不同的人生選擇呢？

《天地一沙鷗》講述熱愛飛行的海鷗強納森，因為追求完美的飛行，而遭到其他海鷗驅逐，因為對海鷗而言，生命的意義就是吃，而不是飛行。我小時候讀過，那時只覺得強納森好可憐，卻也很佩服他的堅持。可如今再重讀這篇小說，竟讀出許多從前沒體會出的韻味。

王國維曾說：「古今之成大事業，大學問者，必經過三種境界。」
第一種境界是：「昨夜西風凋碧樹，獨上高樓，望盡天涯路。」你有

過這種感覺嗎？在某一刻，你突然意識到人生不該只是如此，你想拚搏看看，想擺脫世俗的框限，但又擔心自己會不會成為異類。如果有，那恭喜你，你開始跟強納森一樣，漸漸發現屬於你的那片天空了。

第二種境界是：「衣帶漸寬終不悔，為伊消得人憔悴。」你帶著興奮，也帶著擔憂，朝你想飛的天空展開翅膀：揮灑色彩、調動音符、勤加寫作，哪怕藝術、音樂、文學在世俗眼裡，無助溫飽。當讀到強納森「飢餓但快樂地探索飛行」，不知道你是否跟我一樣熱淚盈眶呢？

第三種境界是：「眾裡尋他千百度，驀然回首，那人卻在，燈火闌珊處。」你終究會迎來這一天，世人讚譽你的成就，稱羨你的生活，但當初笑你的也是同一群人，你願意回頭帶他們破局而出嗎？強納森願意，他好不容易找到熱愛飛翔的夥伴、練就最高超的飛行技術。但他選擇回到驅逐他的故鄉，以最自由的完美意念，鼓動著群鷗展翅飛翔。

「為什麼世上最難的事情，是說服一隻鳥相信他是自由的？」這是強納森心中最大的困惑，其實，也是我們心中最大的恐懼。天賦就是我們的翅膀，但世俗價值就像是一把剪刀，把我們修剪成它想要的樣子。

「小翔，也許我們還沒能說服你爸，但你要繼續畫下去，直到你爸看見你在畫布上自由飛翔的那一天。」我不知道小翔有沒有機會看見這段文字，但我希望你看見了，從此跟著強納森，在人生的天空展翅翱翔。記住，飛行才是人生的意義，果腹不是。

高寶書版集團
gobooks.com.tw

RR 029
天地一沙鷗：全新結局完整版（收錄第四部）【暢銷新裝版】
Jonathan Livingston Seagull: The New Complete Edition (Includes the rediscovered Part Four)

作　　者	李察・巴哈（Richard Bach）
內頁插畫	諾拉・瑞德（Nora Reid）
譯　　者	謝瑤玲
責任編輯	林子鈺
封面設計	林政嘉
內文排版	賴姵均
企　　劃	鍾惠鈞

發 行 人	朱凱蕾
出　　版	英屬維京群島商高寶國際有限公司台灣分公司 Global Group Holdings, Ltd.
地　　址	台北市內湖區洲子街 88 號 3 樓
網　　址	gobooks.com.tw
電　　話	(02) 27992788
電　　郵	readers@gobooks.com.tw（讀者服務部） pr@gobooks.com.tw（公關諮詢部）
傳　　真	出版部 (02) 27990909　行銷部 (02) 27993088
郵政劃撥	19394552
戶　　名	英屬維京群島商高寶國際有限公司台灣分公司
發　　行	英屬維京群島商高寶國際有限公司台灣分公司
增訂初版	2014 年 09 月
增訂二版	2020 年 10 月
增訂三版	2024 年 02 月

國家圖書館出版品預行編目 (CIP) 資料

天地一沙鷗 / 李察 . 巴哈 (Richard Bach) 著；諾拉 . 瑞德
(Nora Reid) 繪；謝瑤玲譯 . -- 增訂三版 . -- 臺北市：英屬
維京群島商高寶國際有限公司臺灣分公司 , 2024.02
　面；　公分 . -- (Retime; RR 029)
全新結局完整版 .（收錄第四部）【暢銷新裝版】

譯自：Jonathan livingston seagull : the new complete
edition(includes the rediscovered part four)

ISBN 978-986-506-867-7(平裝)

874.57　　　　　　　　　　　　112020057